Le garçon qui se taisait

Irina Drozd est née à Marseille. Infirmière de formation, elle trouve tout de même le temps d'écrire des histoires pour les enfants et des scénarii pour la télévision. Elle anime aussi un atelier d'écriture dans un collège de la région parisienne. Ses ouvrages sont publiés aux éditions Albin Michel, Casterman et Syros.

Jeanne Puchol est née à Ivry. Son diplôme des Arts décoratifs en poche, elle se consacre à la bande dessinée et à la presse adulte. Puis, elle se tourne vers l'édition. Elle illustre aujourd'hui des romans policiers et des livres pour la jeunesse publiés aux éditions Syros, Gallimard et Milan.

Bayard Éditions est une marque
du département Livre de Bayard Presse

ISBN 2.227.72347.5

Le garçon qui se taisait

Un roman d'Irina Drozd
illustré par Jeanne Puchol

BAYARD ÉDITIONS

1

Un garçon bizarre

Il s'appelle Alexandre.

Moi, c'est Natacha. Et je l'aime.

Le problème, c'est qu'il ne semble pas du tout s'en apercevoir et qu'il ne m'accorde pas plus d'attention qu'à un vieux chewing-gum. Faut dire que personne ne l'intéresse en classe, enfin, je veux dire parmi les élèves. Les seuls êtres humains à qui Alexandre consent à parler, ce sont les profs. Poli, respectueux et tout et tout. Un vrai petit garçon modèle !

Bon, je ne dis pas qu'il ne faut pas leur prêter un minimum d'attention, à ces gens-là. Ne serait-ce que pour bénéficier d'une certaine paix familiale. C'est fou ce que les parents peuvent s'attacher à une bonne note... ou à une mauvaise. C'est sûr qu'ils préfèrent que je leur ramène un bon carnet scolaire truffé d'annotations élogieuses plutôt que parsemé de zéros. Par chance, comme je suis plutôt forte en maths et en grammaire, ça suffit à les rassurer sur mes états scolaires.

Mais Alexandre, il abuse !

Ça fait des semaines, depuis la rentrée, très exactement, que j'essaie de me faire remarquer de lui.

Au début, je dois avouer que j'ai été discrète, tout dans le regard et le sourire. Rien. Ça n'a pas déclenché l'ombre d'un étirement des lèvres. Alors, je suis passée à une attaque un peu plus directe et j'ai expulsé Mathilde qui était assise à côté de lui.

Mathilde et moi, on se connaît depuis la maternelle. C'est ma meilleure amie. Je lui ai dit dès le premier jour de classe qu'Alexandre m'avait fait chavirer le cœur. C'est bête parce qu'il n'a rien fait

d'autre que tomber dans la même classe que moi... Et peut-être aussi parce que son silence et son indifférence aux autres m'impressionnent un peu.

De toute façon, Mathilde a tout de suite compris quand je lui ai demandé d'échanger nos places, parce qu'elle m'aime bien, qu'elle sait ce que je ressens pour Alexandre, et surtout parce qu'elle aime Ben.

Ben, c'est Benjamin, mon fiancé de l'année dernière, quand on était petits au CM2. Je suis un peu injuste quand je dis « l'année dernière », parce que Ben se considère toujours comme mon fiancé, même si je lui ai dit que c'était fini. Mais ça, c'est son problème. Et Mathilde n'a qu'à se débrouiller pour qu'il l'aime. Moi, je suis bien assez occupée avec Alexandre.

C'est fou ce que c'est compliqué, l'amour.

En tout cas, lorsque j'ai dit à Mathilde que je voulais qu'on échange nos places, elle n'a pas hésité une seconde. Je n'avais même pas fini de lui expliquer qu'elle avait déjà récupéré ses stylos, ses cahiers, ses bouquins et qu'elle s'était déjà installée à côté de Ben.

Et pour une fois, elle n'a rien laissé traîner, rien oublié. La place à côté d'Alexandre était nette et vide comme jamais bureau n'a pu l'être. Je suis sûre que Mathilde devait avoir très peur que je change d'avis.

Un qui n'était pas content de l'échange, c'était Ben, je le jurerais. Mais comme il est du genre plutôt fier, il aurait préféré avaler un Mac Do' moisi plutôt que de s'avouer vexé.

De toute façon, Alexandre, Mathilde le trouve

snob. Ben aussi d'ailleurs. Alors, ça leur fait déjà un point commun.

C'est vrai que les autres le trouvent bêcheur, Alexandre. Pas agréable, et même cire-pompes, toujours le premier à répondre aux questions les plus sournoises des profs. Et puis il ne joue jamais à la récré. Bon, les premiers jours, c'est normal, ceux qui se connaissaient déjà en CM2 forment de petits clans qui s'observent et s'entremêlent peu à peu. Mais ceux qui débarquent finissent eux aussi par faire assez vite partie d'une bande.

Pas Alexandre.

Il est quand même bizarre, ce garçon !

Impossible de l'entraîner dans une partie de foot ou de ballon prisonnier.

Il se planque toujours dans le coin le plus reculé, un bouquin dans les mains, regardant à peine ceux qui s'amusent, ne leur accordant son intérêt que si un cri plus perçant que les autres le dérange dans sa lecture.

N'empêche. J'ai pris la place de Mathilde, il aurait pu au moins le remarquer. Je ne lui demandais pas de grandes démonstrations d'amitié. Juste un regard ou un soupçon de sourire. Rien !

J'aurais dû me déguiser en clown, ça l'aurait peut-être intrigué. De toute façon, je m'en fiche. Il finira par m'aimer, je le sais.

On ne peut pas dire que ça s'arrange. Ou alors, comme dit papa : « Tout s'arrange, mais mal. » (Il paraît que ce n'est pas de lui.) Mais dans les circonstances actuelles, cela me semble s'appliquer exactement à ma situation.

D'abord, Benjamin me fait la tête parce que je ne suis plus à côté de lui, et Mathilde est fâchée contre moi parce que Ben m'aime toujours. Comme si j'y pouvais quelque chose !

Le pire dans tout ça, c'est Alexandre. Il m'ignore toujours autant. Quoique... Il met tellement d'obstination à m'ignorer, à faire comme si je n'existais pas, que je me demande si, finalement, maman n'a pas raison.

J'ai fini par craquer hier soir, et je lui ai avoué ce qui me turlupinait. Je dois dire que, depuis quelques jours, j'étais franchement infernale à la maison. Alors maman m'a prise entre quatre yeux après le dîner, et je lui ai tout raconté. Comment Alex fixait le tableau noir ou les profs dès que j'étais assise à côté de lui, comment il s'isolait à la récré et

tout. Elle a éclaté de rire et m'a embrassée, très fort. « Insiste, tu l'auras à l'usure. S'il fait tellement d'efforts pour ne pas te voir, c'est peut-être qu'il ne voit que toi. » C'est ce qu'elle a dit. Sur le coup, ça m'a paru drôlement compliqué.

Et je ne l'ai pas crue.

Seulement, je viens juste de répondre au prof de français, et pour une fois Alex m'a regardée. À peine un coup d'œil, avec une expression douce et triste, comme lorsqu'il est plongé dans un livre. Ça a été si rapide que j'ai un peu l'impression d'avoir rêvé, et je dois faire un effort pour continuer à parler normalement.

Et s'il m'avait déjà regardée comme ça, sans que je m'en aperçoive ? C'est peut-être... Il doit être juste très très timide, voilà tout. Alors... Non, je n'ose pas me dire ça, ce serait trop beau. J'espère seulement que toute la classe n'entend pas les battements de mon cœur.

Bon. Ça ne me sert strictement à rien de savoir qu'Alexandre m'observe en cachette s'il n'est pas fichu de me faire une déclaration en règle. Je veux bien qu'il soit timide, mais il y a des limites. Je ne suis pas un ogre, tout de même !

En tout cas, la gym, ce n'est pas son fort. Les trois quarts du temps, il prétexte des courbatures et il ne s'est jamais mis en short, gardant toujours le pantalon de son survêtement. Au début, le prof a essayé de lui imposer la tenue plus ou moins réglementaire du lycée, mais Alex a refusé. C'est bien la première fois qu'on l'a entendu dire non à un prof.

Et la seule.

– T'es frileux, mon minet ? lui a un jour lancé Ben, d'un ton vachard.

Alexandre s'est contenté de hausser les épaules et de lui jeter un regard méprisant qui lui a coupé le sifflet. Ce qui est un exploit, parce que Ben, pour le faire taire, il faut une sacrée énergie. J'en sais quelque chose !

Au fond, tout serait bien plus simple si j'aimais encore Benjamin. Il ne demande que ça. Malheureusement, je n'y peux rien. C'est cet imbécile d'Alexandre qui me fait battre le cœur.

Je suis injuste ! Après tout, pourquoi serait-il amoureux de moi, Alexandre ? S'il me regarde, c'est peut-être parce que je l'embête à être tout le temps à côté de lui et qu'il n'ose pas me le dire ? me dis-je. Nana, ma fille, arrête de penser ce genre de choses, ça ne te vaut rien. Mais j'ai beau me sermonner, cela ne m'empêche pas de renifler bêtement.

Et il faudrait que je sois en forme parce que ça va être mon tour de passer sur le cheval d'arçon. Je n'ai pas envie, en plus, de ma casser la figure.

On me tapote doucement l'épaule, je me tourne légèrement.

Mathilde me contemple d'un air navré. D'un geste du bras, elle montre Alexandre et Benjamin qui sont aux barres.

– On n'est pas très douées, pas vrai ? fait-elle d'une toute petite voix.

Je secoue la tête et m'essuie le nez.

– Non.

Et on tombe dans les bras l'une de l'autre. Mais comme le prof m'appelle pour sauter, on n'a pas tellement le temps de s'épancher. En tout cas, je suis drôlement contente que Mathilde soit redevenue mon amie.

Elle me manquait.

MADONNA

2

La leçon de judo

Maintenant, il m'énerve ! Vraiment ! Il se dégèle un peu, me sourit quand je m'installe... et c'est encore pire. Parce que ça risque de durer une éternité comme ça. J'aimerais bien qu'il arrive à me dire autre chose que : « Bonjour », ou bien : « Tu as une gomme ? » Ce n'est pas particulièrement passionnant comme conversation. Alors, je continue à employer les grands moyens. Il ne va plus m'échapper à la récré.

J'adore jouer au foot – je shoote presque aussi bien que Benjamin –, au ballon prisonnier et à plein d'autres trucs qui servent à se dégourdir les jambes après des heures de classe. Mais j'en fais le sacrifice pour rester près d'Alexandre.

Depuis le début de la semaine, je passe toute la récré sur le banc, à côté de lui, à bouquiner. J'avoue que, la première fois, j'ai eu la trouille qu'il fiche le camp. Quand je me suis assise, il a levé la tête, m'a gratifiée d'un coup d'œil étonné, puis a repiqué le nez dans son bouquin. Depuis, il me fait juste un rapide sourire quand je m'installe. Il a quand même daigné dire : « C'est génial » quand il a vu le titre de mon livre : *Bilbo le Hobbit*.

Depuis, plus un mot. Et comme d'habitude, je me dis que c'est parti pour toute la durée de la récré. Heureusement que mon bouquin est génial pour de vrai. Sans ça, avec le silence d'Alexandre, j'aurais plutôt envie de rejoindre ceux qui jouent au ballon prisonnier au lieu de m'obstiner à rester sur ce banc.

Justement, le ballon roule à mes pieds. Je me baisse pour l'attraper et c'est Benjamin qui vient le prendre.

Il me regarde d'un air furieux.

– Alors, toujours collée à ce toquard ?

Je lui jette le ballon à la figure.

– T'occupe !

Ben écarte le ballon et fait un pas vers Alexandre, toujours plongé dans sa lecture, comme si les autres n'existaient pas.

–Ouais, un toquard ! Et un lâche ! Tu te battrais pas, hein ? Même si on t'insulte ? Chochotte !

Et brusquement, il saisit le livre d'Alex, le jette par terre et shoote dedans. Il y a un silence lourd comme une mousse au chocolat ratée. Moi, j'ai une grosse boule dans la gorge. J'ai l'impression que tout le monde nous regarde. Ce qui est vrai en ce qui concerne les joueurs de ballon prisonnier, et quelques autres curieux qui ont laissé leurs jeux pour s'intéresser à la dispute. Enfin, à la tentative de bagarre espérée par Ben.

De toute façon, je n'entends plus les autres bruits de la cour, juste celui des pages du livre ouvert, feuilleté par le vent.

Alexandre se lève tranquillement et va ramasser son bouquin. Au moment où il va le prendre, Benjamin le retient par le bras.

–Tu parles qu'aux profs ! T'es qu'un fayot et un pauvre type !

Alex se dégage d'un geste sec et tente de récupérer son livre. Cette fois, Ben lui saute carrément dessus, et je ne peux pas m'empêcher de crier.

–Ben ! Laisse-le !

Comme s'il m'écoutait ! J'ai le temps de voir dans les yeux des autres la lueur d'excitation due au plaisir d'assister à une belle bagarre. Dégoûtée, je voudrais bien détourner le regard... mais je n'y parviens pas. Je ne peux quitter Alexandre, je veux qu'il sache que je suis là, moi, et de son côté.

Ça dure à peine le temps d'un battement de cil. Benjamin se retrouve au tapis, complètement hébété, après un vol plané.

–Ah ! ben, ça alors ! Ça alors ! marmonne Ben.

–Mais... comment t'as fait ?

Je ne peux m'empêcher d'interroger Alex qui se rassied posément, comme s'il ne s'était rien passé. Ne prêtant aucune attention aux regards et aux sifflements admiratifs provoqués par son exploit. Il faut dire que Benjamin a déjà une réputation bien établie de bagarreur.

–Je suis ceinture verte de judo, consent-il à répondre.

Cela n'a pas calmé Benjamin qui revient à la charge, décidé à faire mordre la poussière à Alex.

Juste au moment où il se penche vers Alex, les poings serrés, apparaît la Grenouille. C'est un pion. Il déteste le bruit (et on le soupçonne de détester aussi les enfants). Il a une voix épouvantable et il est toujours en train de répéter : « Je crois que... ».

–Je crois que vous vous battez, n'est-ce pas ? croasse-t-il.

J'interromps Ben comme il ouvre la bouche.

– C'est Alexandre qui montrait une figure de judo à Ben, M'sieur.

Il les regarde d'un œil méfiant.

– C'est vrai ?

Benjamin époussette son jean d'un geste rageur. Je l'ai coincé.

– Oui, M'sieur, c'est vrai, répond-il de mauvaise grâce.

– Mouais... En tout cas, je vous avertis, la prochaine fois que vous faites une démonstration, c'est le bureau du principal et un mot à vos parents. Je crois que je ne peux tolérer...

On ne saura jamais ce que la Grenouille ne peut tolérer, la sonnerie de fin de récré l'empêche de nous le dire.

Ben retourne rapidement vers la classe, talonné par Mathilde. Je jette un coup d'œil vers Alexandre qui est pâle comme la mort. Pourtant, l'intervention de la Grenouille n'a pas semblé lui faire perdre son impassibilité.

– Alex, qu'est-ce qu'il y a ? Tu... il t'a fait mal ?

– Non, non ça va. Je t'assure.

Il se met à marcher très vite, et s'arrête brusquement, se tourne vers moi.

–Merci, Natacha.

Et je suis bien contente qu'il se soit aussitôt remis en route, parce que ainsi il ne me voit pas devenir aussi rouge que toutes les tomates d'un supermarché.

–**E**t n'oubliez pas, demain, c'est la visite médicale. Apportez vos carnets de vaccination, répète encore une fois Mlle Ramier, pour être sûre qu'on n'a pas oublié.

La barbe! Les visites médicales, je déteste ça!

D'abord parce que les médecins des écoles sont rarement des marrants, et surtout parce qu'il faut toujours faire pipi dans une saleté de flacon, pour leurs saletés d'analyses.

Mais bon, puisqu'il faut y passer...

Alexandre n'a pas l'air enchanté non plus.

–Ce fichu flacon, quelle galère! lui dis-je.

Maintenant on se parle, pas uniquement pour les bêtises scolaires (vérifier une règle de grammaire ou un théorème), mais aussi pour plein d'autres choses. C'est venu vite, naturellement. Alex m'a demandé ce que je pensais de *Bilbo le Hobbit*, parce qu'il l'avait déjà lu. Il m'a demandé ça le lendemain de la leçon de judo, quand je me suis réinstallée à côté de lui sur le banc.

Et depuis, il me raconte des histoires qu'il a lues, et on échange même des livres.

Du coup, Ben se mord les doigts de l'avoir provoqué. Parce que c'est vraiment cette bagarre qui a décoincé les choses entre Alex et moi... même si j'attends toujours ma déclaration. Mais surtout aussi, parce que depuis, toute la classe ou presque a changé d'avis sur Alexandre. Il n'est plus le snob, ni le fayot qui aurait pu dénoncer Ben, ni le silencieux, il est juste Alex.

Le « presque » qui n'a pas changé d'avis, c'est Benjamin.

– Quel flacon ? fait Alexandre d'un ton soucieux.

– Eh bien... pour les analyses.

– Ah ! oui, c'est vrai. Je n'aime pas non plus.

Il a réussi son coup, Alexandre ! Le jour de la visite, il n'est pas venu. Une brusque fièvre. Tu parles ! De toute façon, il n'y coupera pas, le médecin doit revenir parce qu'il n'a pas vu tout le monde.

Enfin, il aura un mois de répit, mais il finira aussi par passer l'épreuve du flacon.

3

Zéro de conduite

C'est drôle, ça fait maintenant près d'un mois qu'on se parle avec Alexandre, et je m'aperçois qu'au fond, il ne me dit rien. Je veux dire que moi, je lui raconte des choses sur mes parents, sur ce que je fais avec eux, sur l'école où j'étais avant, sur la façon dont j'ai connu Mathilde.

Alexandre, lui, me parle des livres qu'il lit, de la musique qu'il écoute, du métier qu'il fera plus tard, s'il y arrive. Il veut être vétérinaire. Mais de sa vie actuelle, il ne me dit rien. Je sais juste qu'il habite un pavillon avec son père, et que sa mère est morte il y a trois ans.

Chaque fois que j'essaie de l'aiguiller sur sa vie, il se défile. Alors, je n'insiste plus, il doit avoir ses raisons.

Et puis, c'est peut-être tout simplement moi qui suis trop curieuse ou trop... expansive. Ça veut dire que je parle beaucoup. C'est le prof de français qui m'a dit ça.

En tout cas, aujourd'hui, Alexandre a l'air heureux. D'habitude, il a toujours une expression un peu triste. Non, ça n'est pas le mot exact. Absent. Voilà. Le plus souvent, on dirait qu'il est ailleurs, très loin, peut-être à l'intérieur de lui-même. Enfin, quand il n'est pas en train d'écouter le prof, ou de lire, ou de bosser.

Je suis peut-être la seule à lui avoir remarqué cet air-là.

Bon, de toute façon, aujourd'hui, Alex rayonne.

On va enfin avoir un deuxième cours de musique. On en a eu un en début d'année, puis la prof a eu un accident de voiture et on n'a pas jugé bon de la remplacer. Alors, au lieu de musique, on a eu étude, avec la Grenouille.

Pas très épanouissant.

La prof s'excuse très gentiment de son absence et

nous explique ce qu'elle compte faire avec nous. Moi, j'avais un peu peur qu'elle ne nous pompe l'air avec le solfège et les *« oua éou aéou »* qu'on chantait à l'école, mais non. Elle veut d'abord qu'on aime et qu'on connaisse la musique. Et qu'on s'essaie à des instruments comme ça, pour voir.

Dans la salle, il y a un saxophone, une guitare sèche et une électrique, deux violons, des flûtes et un beau piano. Il faut dire que le principal est, paraît-il, un très bon musicien, alors il s'est débrouillé pour avoir tous ces instruments.

N'empêche. Il aurait pu aussi s'activer pour nous trouver quelqu'un pendant l'absence de Mlle Fontaine. Enfin ! On ne peut pas tout avoir.

Mlle Fontaine demande si des élèves savent déjà jouer d'un instrument. Quelques doigts se lèvent, dont celui d'Alexandre. Mlle Fontaine propose alors un essai.

On écoute ceux qui jouent plus ou moins bien, à ce qu'il me semble ; et puis c'est au tour d'Alex.

– Tu joues de quel instrument ? demande Mlle Fontaine.

– Du piano.

– Et tu peux jouer quelque chose ? Tu veux une partition ?

Alexandre secoue la tête.

–Non, merci... je connais un peu la... *Symphonie pathétique*, de Tchaïkovski. Je l'aime beaucoup. Mais je peux aussi jouer du Mozart si vous préférez...

Mlle Fontaine fait une drôle de tête. Moi, je connais déjà Mozart et Tchaïkovski parce que mes parents adorent la musique classique. Alors, c'est toujours galère quand je veux écouter Madonna, mais bon... C'est pas mal aussi, le classique.

–Non, non, tu peux interpréter *La pathétique*, vas-y.

Et elle l'invite à s'installer.

Je regarde les mains d'Alexandre voltiger sur le piano, caresser les touches, comme si les doigts les apprivoisaient. Et tout d'un coup, alors qu'il y a de petits murmures disséminés dans la salle, Alex se met à jouer, et tout le monde se tait.

C'est comme si les mains d'Alex inventaient la musique. Je la connaissais, cette symphonie, mais je ne m'étais pas rendu compte à quel point elle était belle. Peut-être parce que je l'écoute à travers le bonheur d'Alexandre, le bonheur qu'il a à l'interpréter. Et quand il s'arrête, parce que la cloche vient de sonner, on pousse tous des cris de dépit.

On ne devrait jamais arrêter la musique. Je demanderai à papa de la mettre, ce soir. Il sera content, et moi aussi.

–Je ne savais pas que tu jouais si bien, dis-je à Alex en sortant de la classe.

Il rougit. Et ça me fait drôlement plaisir, parce que, bien sûr, avant moi, tous les autres l'ont félicité, et surtout Mlle Fontaine, mais il a accueilli leurs éloges avec son indifférence coutumière. Et moi, je le fais rougir.

–C'est ma mère qui m'a appris, quand j'étais tout petit et...

Il devient tout triste, et ça me pince le cœur.

–Et ?

Il me fait un petit sourire.

–Eh bien, je n'ai plus trop l'occasion de jouer.
Et il s'éloigne.

Ce soir, Alex fait une tête de désespéré. C'est à cause de la Grenouille.

–Mais, Alex, lui dis-je, c'est pas si grave!

–Justement, si... Non, je veux dire non, tu as raison, je suis bête.

–Tu sais, ça m'est déjà arrivé. C'est pas marrant à expliquer, mais les parents, ils ont compris. Je ne dis pas qu'ils n'ont pas râlé, mais ils préfèrent quand même un zéro pour chahut collectif que pour une dictée.

Je dois reconnaître que la Grenouille y est allé un peu fort. Il nous gardait pour une heure d'étude, et bien sûr, il y en a qui en ont profité pour faire les mariolles.

J'avoue que je n'étais pas la dernière.

Ce qui a surtout mis en rogne la Grenouille, c'est quand on a imité le vol du moustique avec accompagnement de crapaud. Ben s'est surpassé dans les coassements.

Alors, toute la classe a trinqué.

Même ceux qui faisaient tranquillement leurs devoirs, comme Alex.

On a bien essayé d'amadouer la Grenouille en se dénonçant, parce qu'il n'y avait pas de raison pour que les autres soient concernés par le zéro, mais rien n'y a fait. La Grenouille est resté inflexible. Du coup, toute la classe a bourdonné.

Même Alexandre.

Je n'aime pas quand Alexandre n'est pas à côté de moi.

Comme prévu, papa, dans un premier temps, a piqué sa crise quand il a appris le zéro. Et puis il s'est marré et on a passé le repas à faire des imitations. Maman était très bien dans le rôle du pic-vert.

J'avais hâte de savoir comment le père d'Alex avait pris la chose, mais Alex n'est pas venu en classe. Alors, Ben en a profité pour piquer sa place.

Moi, je fais comme s'il n'existait pas.

D'abord parce que Mathilde a de la peine, mais aussi parce que ça le vexe.

– Tu sais, sa leçon de judo, eh bien, il me la paiera. Tu peux le lui dire.

– T'as qu'à lui dire toi-même, jaloux !

Je voudrais bien lui exprimer plus explicitement ce que je pense de lui, mais un coup d'œil sournois du prof d'histoire m'en dissuade ; un zéro pour mauvaise conduite, ça suffit !

Le lendemain, en revoyant Alexandre, j'ai un petit pincement au cœur. Il a une bosse, des éraflures sur la tempe, et il boitille un peu.

– T'inquiète pas, j'ai glissé dans les escaliers, c'est tout, m'explique-t-il très vite en s'asseyant.

– Tu es sûr que...

– Ça va ! coupe-t-il brusquement.

– C'est pas la peine de le prendre sur ce ton, chuchoté-je.

– Excuse-moi, chuchote aussi Alex d'une voix radoucie.

REDSKIN

4

Le secret

Je ne comprends plus !

Alexandre est redevenu pour moi le garçon qui se taisait. Il ne me parle plus que pour les choses indispensables liées au bon voisinage de bureau.

Je le déteste !

Et je déteste encore plus Benjamin qui prend un air triomphant en nous regardant. De quoi je me mêle ? Il pourrait s'occuper de Mathilde qui s'étiole, et me laisser tranquille.

Enfin, je me demande vraiment ce qu'il a, Alex. Cette façon de se mettre toujours en retrait, ça me crispe. D'autant plus qu'on avait commencé à devenir amis, tous les deux. Alors, comme j'en ai assez, et que je ne supporte plus son attitude, il ne va pas s'en tirer comme ça. Il va m'expliquer. Il n'a pas le droit de me traiter de la sorte. Je ne veux pas qu'il oublie qu'on s'est parlé ; de livres, de musique, des animaux qu'il veut soigner un jour. Comme à son habitude, dès le début de la récré, il s'est installé sur son banc, presque caché par un gros buisson jauni.

– Tu es fâché pour le zéro ? Parce que tu as trinqué à cause de moi ?

Il a un rire bref, pas gai du tout, et il me répond sans me regarder.

– Mais non !

– Pourquoi tu ne me parles plus alors ?

Cette fois, il lève les yeux de son bouquin et son regard croise le mien. Je n'aurais jamais cru qu'il puisse être si triste.

Au fond, Alex, je ne l'ai vu heureux que lorsqu'il jouait du piano.

– C'est plus simple. Laisse-moi, Nana... Si tu m'aimes un peu.

Je ne peux pas m'empêcher de lui prendre la main.

– Si je t'aime un peu ? Tu oses dire ça ! Mais je... Pourquoi je dois te laisser ? Pourquoi c'est plus simple ? Pourquoi...?

Il se lève brusquement.

– Tais-toi ! Fiche-moi la paix !

Des larmes brillent dans ses yeux, et ça me rend toute chose. Je le retiens par le bras.

– Dis-moi, Alex ! Dis-moi ce que tu as.

Il se dégage et se rassied, cache son visage entre ses mains. Alors j'attends, en silence, car à présent je sais qu'il va enfin parler.

Il relève la tête, prend une longue inspiration et se tourne vers moi :

– Tu ne t'es pas demandé pourquoi j'étais si bon élève ? Pourquoi je n'étais pas à la visite médicale ? Voilà pourquoi !

Il a crié ces derniers mots. Il se penche et relève rapidement le bas de son jean. Une grosse strie rouge barre son mollet, et il y a des traces plus anciennes. Il rabaisse son jean, puis se redresse, écarte un peu son pull, dégage très bas son cou, montre de petites taches brunes.

– Ça, c'est une cigarette. Les jambes, c'est une ceinture en cuir. Désolé de ne pas ôter mon pull pour que tu puisses admirer le reste !

Il m'a lancé un regard de défi. Je n'arrive pas à comprendre. Plus exactement, je ne peux pas. Je ne veux pas comprendre.

– Alex... Qui ? Qui t'a...

–Mais le meilleur des pères, bien sûr ! Présent à toutes les réunions de parents d'élèves, toujours prêt à rendre service... Un bon patron... Tellement gentil, si...

Et puis Alexandre éclate en sanglots, et moi, je ne peux que le serrer dans mes bras, caresser ses cheveux, tout doucement.

Alors, comme dans tous mes rêves, sa joue effleure la mienne, tendrement, et je sens ses lèvres contre les miennes. Et son baiser me rend toute molle.

C'est encore mieux que dans mes rêves.

Alex s'écarte brutalement.

–Pardon, Natacha. Je n'aurais pas dû te dire ça.

–Mais tu es fou ! Au contraire, tu dois le dire, et pas qu'à moi !

–À qui ?

–Euh... Mais à...

–Tu vois ? Tu ne sais pas ! Moi non plus... Au début, quand il a commencé, j'étais petit. Tout d'un coup, il s'énervait contre moi et ça... tombait, quoi. Je ne comprenais pas pourquoi. Mais maman était là, et elle arrivait à me protéger de lui la plupart du temps. Elle disait qu'il avait des soucis, que même s'il me frappait, ça ne l'empêchait pas de m'aimer, et que je ne devais pas lui en vouloir. Et elle me

consolait avec la musique. Quand... elle est morte, pendant un moment, j'ai cru que ça irait mieux. Enfin, c'était horrible de ne plus avoir de maman. Ça l'est toujours, mais je croyais qu'il... comme il avait du chagrin aussi, eh bien qu'il m'aimerait un peu plus, qu'il se radoucirait. Et un soir, je ne me souviens plus si j'ai fait une chose qui l'a mis en rogne ou même pas, ça a recommencé... et ça n'a plus vraiment arrêté. Voilà, c'est tout.

–Mais, tu as des voisins, de la famille...

Je n'ose pas dire des amis. Si Alexandre était aussi silencieux et renfermé dans les classes précédentes, il ne doit pas en avoir beaucoup, des amis. Peut-être même pas du tout.

–Les voisins ! On habite un petit pavillon, alors, quand je ne peux pas m'empêcher de crier, ils doivent croire que c'est la télé, c'est tellement plus facile ! Ma mère était orpheline, les parents de papa... je... je ne les aime pas, et il n'a pas de frère ou de sœur. On n'a pas trop de famille, quoi.

–Mais, Alex, quand tu étais malade ? Et tu as bien dû passer des visites médicales, à l'école ?

–Oh ! Jamais le même médecin deux fois de suite ! Et comme il connaissait à l'avance les dates des visites obligatoires, papa, il faisait gaffe. Si ça n'allait pas, je ne venais pas.

– Et tu... n'as jamais rien dit ? À personne ?

Alexandre me sourit et essuie gentiment du bout des doigts les larmes qui ont roulé sur mes joues.

– Mais je n'ai personne à qui le dire, Nana... Et c'est mon père, tu comprends, même si... Il a aussi vendu le piano de maman pour que je n'aie même pas ça pour... Oh ! Nana, pardon, je n'aurais pas dû... Promets-moi que tu ne diras rien, jamais.

– Alex ! Non ! Pas ça ! Il faut...

Il pose son index sur mes lèvres.

– J'ai dit non. C'est quand même mon père... et je ne peux pas le dénoncer comme ça, enfin, c'est pas possible. Il a juré qu'il ne recommencerait plus. Je sais bien qu'il me dit ça quand... enfin, quand il me fait trop mal, il regrette. Nana... j'ai honte, tu comprends ? Et puis, peut-être que c'est ma faute, que je le mets en rogne...

Cette fois, c'est moi qui me dégage.

– Non ! Tu ne peux pas dire ça !

– Bon, j'en sais rien au fond, mais tu es mon amie, Nana. Ma seule amie. Jure-moi.

Je pousse un soupir.

– Bon, promis, concédé-je. Mais tu me dis s'il recommence !

Un sourire joyeux éclaire son visage.

– Promis !

Et il m'embrasse encore. Plus rapidement, mais ça me fait encore plus d'effet. Je me demande si ça lui en fait autant.

On n'a le temps de rien se dire d'autre parce que la cloche sonne et qu'on doit aller en cours. Seulement, cette fois, on retourne en classe en se tenant par la main.

Le regard haineux que me lance Benjamin ne me dit rien qui vaille.

Ça m'est égal. Malgré tout, je suis heureuse.

Et je trouverai bien un moyen pour aider Alexandre.

J'étais tellement bouleversée que, pour un peu, j'en aurais cassé toute la vaisselle. Et les parents se sont bien sûr rendu compte que j'étais plus excitée que toutes les puces de tous les cirques du monde. Alors je leur ai appris qu'Alex et moi, ça y était. Mais pour le reste... il faudrait que j'arrive à convaincre Alexandre de me délier de ma promesse. Je suis certaine que mes parents trouveraient une solution.

Ils sont drôlement intelligents, pour des parents !

Je devrais inviter Alex à la maison. Je suis sûre que maman le mettrait suffisamment en confiance pour qu'il lui parle.

Oh ! Alex ! Tu n'as donc jamais pu faire confiance à personne avant ?

Avant moi.

Je me sens tellement petite face à ce qu'il m'a dit ! Je dois faire quelque chose.

Mais quoi ?

Et qu'est-ce qu'Alex va me permettre de faire ?

Si seulement j'étais capable de ne pas tenir mon serment !

5

Le vol

Il est borné, obstiné et stupide ! Voilà ce qu'il est ! Ça fait une semaine que je tanne Alexandre pour qu'il parle à quelqu'un. Il doit bien y avoir des gens qui s'occupent de ce genre de cas. Je ne sais pas, moi, des médecins, des infirmières, des assistantes sociales... Le problème, c'est que je ne sais pas. Et la police ? Mais on ne me croirait pas et Alex m'en voudrait à mort. D'autant plus qu'en ce moment il paraît que son père est sympa comme tout... Enfin, c'est ce que me raconte Alex.

En tout cas, je lui ai arraché la promesse qu'il passerait prendre un verre de lait à la maison avant de rentrer chez lui, la semaine prochaine, puisque le dimanche il ne veut pas.

– Papa n'aimerait pas, je crois...

Je pousse un soupir agacé.

– Et tu me dis que ça va bien en ce moment entre vous ! Pff ! Mais tu ne sors jamais, alors... Comment fais-tu pour le judo ? Il te le permet bien, non ? T'as qu'à dire que t'as un cours en plus...

– Oh ! Non ! Le judo, c'était du temps de maman, j'essaie de maintenir le niveau en faisant des exercices tout seul, mais je n'y vais plus.

– Sans blague ! Mais tu l'as drôlement éjecté, Ben.

Il a un petit sourire malicieux.

– C'était facile, il ne s'y attendait pas. J'ai frimé, tu sais, j'aurais été salement embêté si la Grenouille n'était pas intervenu.

– Pauvre Ben ! Il t'en veut encore, je suis sûre.

Alex dépose un rapide baiser sur ma joue.

– Mais pas seulement pour la leçon de judo.

Je ne peux m'empêcher de rougir, ce qui l'amuse. J'aime bien le voir rire. C'est si rare !

– Bon, tu essaies quand même de venir la semaine prochaine ?

– Oui, promis ! Je m'arrangerai avec papa.

– Super !

Et on se dirige vers la classe, main dans la main.

Je me méfie un peu des regards mauvais de Benjamin. Je suis sûre qu'il n'a pas décoléré, et je me demande ce qu'il peut mijoter en douce. Bah ! On verra bien. Peut-être qu'il va se calmer, finalement. Mathilde semble l'avoir amadoué. Elle est tellement contente que ça marche entre Alex et moi qu'elle s'accapare Ben au maximum.

Je me demande si elle ne craignait pas que je change d'avis et retourne vers Ben. Comme si elle ne me connaissait pas ! En tout cas, je suis contente qu'Alex vienne à la maison. Il faudrait que j'aiguille un peu maman, mais sans trop lui dévoiler du secret. Nana, t'as une semaine pour trouver comment.

Parce que, au fond, les bonnes résolutions du père d'Alex, je n'y crois pas trop... J'espère avoir tort.

J'ai l'impression tout de même que le simple fait de me parler a vraiment détendu Alexandre. Il n'est plus aussi crispé en classe, et les autres commencent à sentir qu'il y a quelqu'un de sympa derrière le donneur de leçons de judo ou le pianiste doué. Et si Alex répond toujours aussi vite aux profs, ça ne l'empêche pas, de temps en temps, de me serrer furtivement la main.

D'habitude, les travaux de groupe, j'aime bien ça. Mais pas si je suis séparée d'Alex. C'est bête, mais c'est comme si je le sentais en danger, loin de moi. C'est d'autant plus bête qu'au collège il ne risque rien. Ça me chamboule trop, ce secret. Ça fait à peine une semaine que je le porte, mais je n'en peux plus. Quand je pense qu'Alex vit avec depuis si longtemps...

C'est peut-être si dur parce que c'est son secret à lui ?

Il faut absolument qu'il puisse convaincre son père de le laisser venir chez nous. Zut ! C'est pas si terrible, une heure, juste une heure à passer avec maman et moi. Il va lui demander ce soir, c'est ce qu'il m'a promis. Mais moi aussi, je vais lui rappeler sa promesse.

On a à peine regagné nos places qu'un cri ameute tout le monde. C'est Mathilde qui hurle. On lui a piqué son porte-monnaie. Le prof de français, essayant de la calmer, lui demande de bien chercher dans son cartable. Elle en déverse le contenu sur son bureau. Un fatras fait de stylos, de mouchoirs, de gants, de cache-nez (elle est très frileuse), de photos, d'illustrés et quand même de cahiers et de livres s'étale devant nous.

Impressionnant. Mais pas de porte-monnaie.

Mathilde se met à pleurer et le prof se racle la gorge, embarrassé.

– Les enfants, c'est grave. Mathilde a peut-être perdu son porte-monnaie... mais... hum... si ce n'est pas le cas... c'est l'un d'entre vous qui l'a pris.

Un murmure désapprobateur et indigné parcourt la classe.

– Je demande au coupable de se dénoncer, et il n'y aura aucune sanction.

Grand silence qui énerve le prof. De toute façon, si c'est l'un de nous, c'est plutôt dur de le dire comme ça, devant tous. Mais je sais bien que personne n'a rien pris, Mathilde a dû l'oublier chez elle, et puis voilà.

Mais ce n'est pas du tout ce que pense M. Paulin que notre mutisme agace de plus en plus.

– Tant pis pour vous ! Je vais mener l'enquête ! Je ne veux pas de voleur ici ! Thomas, va demander à M. Duchemin de venir.

Thomas hésite, mais un regard furieux du prof le décide.

– Bien. Vous allez mettre tous vos cartables dans ce coin, et nous allons les fouiller un à un. Mathilde, tu me diras si tu reconnais ton porte-monnaie.

– Je ne suis pas sûre qu'il ait le droit, soufflé-je dans l'oreille d'Alexandre.

Il hausse les épaules :

– Moi non plus, mais au moins, ça sera vite terminé. Elle a dû le laisser chez elle.

– C'est ce que je pense aussi.

Nous portons nos cartables dans le coin indiqué par le prof.

Mathilde essaie de se souvenir de ce qu'elle a fait de son porte-monnaie, et on a quelque espoir d'échapper à la fouille. Manque de pot, l'arrivée du principal renforce M. Paulin dans son rôle de flic de choc. Les bureaux sont vite examinés, et c'est au tour des cartables. J'espère qu'ils ne vont pas pousser la plaisanterie jusqu'à nous fouiller, nous.

Déjà dix cartables vidés.

Mathilde, un peu dépassée par les proportions prises par l'affaire, se contente de secouer la tête en reniflant chaque fois que le prof exhibe un porte-monnaie extirpé d'un cartable.

Brusquement, elle se trouble, bafouille, hésite. Mentir, c'est pas son truc, alors elle ne peut que dire la vérité sous les regards inquisiteurs de M. Paulin et du principal.

Elle ne sait pas bien mentir, mais avec tous ces regards braqués sur elle, comment pourrait-elle ne pas reconnaître son porte-monnaie ?

Parce que c'est du cartable d'Alexandre que M. Paulin vient de retirer le porte-monnaie.

– Mais... ce n'est pas moi, je te le jure, Mathilde, se défend Alex.

Le principal prend un air de grand juge :

– Je suis désolé, je ne peux laisser passer ça. Je vais être obligé de prévenir ton père et de lui expliquer la raison des trois jours de mise à pied que...

Alexandre pâlit :

– Oh ! Non ! Je vous en prie !

M. Duchemin le regarde avec tristesse :

– Si seulement tu t'étais dénoncé... Vraiment, je ne te croyais pas capable de... Enfin ! Bon, on va appeler ton père.

Et là, je me sens obligée d'intervenir. Parce que je n'aime mieux pas imaginer ce que va faire le père d'Alex quand on va lui apprendre que son fils est fichu trois jours à la porte pour vol.

– Monsieur, non ! Il ne faut pas...

– Tu as juré ! me crie Alex. Tu as juré... Ne t'inquiètes pas, ça ira, j'ai l'habitude.

Ce sont les paroles qu'il prononce juste avant de quitter la classe, la tête haute, et ça me fait tellement mal dans le cœur que j'ai envie de hurler.

C'est la dernière heure de cours, mais personne ne parvient à travailler ; alors, chacun lit, jusqu'à la

sortie réglementaire. Même si peu d'entre nous aimaient vraiment Alex, aucun n'arrive à croire qu'il ait volé. Encore moins le prof, qui n'arrête pas de marmonner : « Et pourtant, il était dans son cartable ! Pas possible, pas possible... ».

C'est peut-être le fait qu'Alex n'a même pas pris la peine de protester qui impressionne. Il a simplement dit à Mathilde qu'il n'était pas coupable.

Et tous le croient, malgré la preuve.

Mathilde pleurniche lamentablement, et moi, je meurs de peur pour Alex. De la fenêtre, au bout d'un long moment, je vois une voiture entrer dans la cour et ressortir. Alex est monté dedans. Aux côtés d'un grand type. Son père.

Seul Benjamin trouve ça drôle.

Et ça me turlupine.

Enfin dehors ! Je m'approche de Mathilde qui pleurniche toujours.

– Je le crois, tu sais. Je suis sûre que ce n'est pas Alex, me hoquette-t-elle contre la joue.

– Merci... Mais ça ne nous dit pas qui...

Et je regarde Ben, qui s'éloigne un peu trop rapidement. D'habitude, il ne perd pas une occasion pour traîner un peu à côté de moi.

Je pense brusquement à un truc :

– Mathilde ? Pourquoi as-tu eu besoin de ton porte-monnaie en plein cours ?

– C'est Ben, il voulait savoir si je pouvais lui prêter de quoi acheter... Oh ! C'est lui qui m'a demandé de vérifier...

Il ne m'en faut pas plus. Je me souviens que pendant les travaux de groupe, on s'est disséminés dans la classe en changeant d'endroit. Je plante là Mathilde et je galope après Benjamin.

– Ben ! Salaud !

Il s'arrête, juste comme je parviens à sa hauteur, et éclate d'un rire méchant.

– Tu as compris, pas vrai ? Je t'avais bien dit qu'il me paierait sa leçon de judo.

Je pense aux marques rouges d'Alexandre.

– Tu dois te dénoncer !

– Tu rigoles ! C'est lui le coupable. Tout le monde l'a vu, non ?

Mathilde arrive en courant.

– Je te déteste ! Tu n'avais pas le droit ! C'est lâche ! C'est minable ! C'est... Nul ! Et je ne t'aime plus !

Benjamin blêmit :

– Hé ! vous excitez pas ! Ça n'est qu'une blague, il reviendra...

– Je t'en supplie, Ben, va dire à M. Duchemin que c'est toi... Je t'en prie, c'est grave, très grave.

Mais je ne peux rien lui expliquer. Oh ! Alex ! Pourquoi m'as-tu encore demandé de me taire ?

– Tu as peur pour ton chouchou ? dit Ben d'une voix moqueuse.

– Oui !

Ma voix a dû lui sembler bizarre. Mathilde et lui me dévisagent comme si j'avais hurlé.

J'ai peut-être hurlé.

– Mais... qu'est-ce qu'il y a ? Bon, d'accord, son père va l'engueuler, c'est tout... J'irai demain chez le principal, d'acc ?

– Non, Benjamin. Maintenant. Je t'en prie, sois chic !

Il me considère gravement :

– Bon, j'y vais.

Mathilde le prend par la main.

– Je viens avec toi. Et je t'aime quand même, tu sais.

Elle l'embrasse très vite sur la joue.

Et voilà mon Benjamin qui rougit. Je ne l'en aurais jamais cru capable.

Mais bon, c'est pas tout, ça... Alexandre...

6

La correction

Benjamin a eu un mal fou à convaincre le principal. Au début, M. Duchemin croyait que Ben voulait simplement se dénoncer pour disculper Alex, par bonté d'âme. Alors, il a félicité Ben pour son geste et voulait le réexpédier chez lui. Il a fallu que Benjamin avoue en bafouillant que c'était pour se venger de la leçon de judo... Enfin, on a obtenu ce que je voulais. Le principal a téléphoné au père d'Alexandre pour tout expliquer et s'excuser. J'étais drôlement soulagée.

Puis M. Duchemin nous a virés de son bureau en nous traitant de sales gosses et en promettant à Ben le bagne s'il recommençait une bêtise pareille.

Bien sûr, Benjamin nous a juré qu'il serait toujours sage comme une image et plus jamais jaloux.

– Même pas de moi ? a susurré Mathilde.

– Oh ! Si !... mais en moins con, a murmuré Ben en regardant le bout de ses chaussures.

Et c'est Mathilde qui a rougi cette fois.

– Oh ! Ça va ! N'en rajoute pas, ça s'est bien terminé après tout, me suis-je sentie obligée de dire.

Et maintenant, je suis à la maison. Je téléphonerais bien à Alexandre, mais je n'ose pas. Ça pourrait agacer son père, on ne sait jamais. J'ai hâte de le revoir demain, pour tout lui expliquer en détail. Je crois bien que Ben et lui vont finir par s'entendre. Au fond, Benjamin, il est gentil, juste un peu bête de temps en temps. Enfin, j'espère que le principal a appelé le père d'Alex avant...

Non. Surtout ne pas penser à ça. Il n'aura pas eu le temps de lui faire quoi que ce soit... Mais le temps que le cours se termine, et que je convainque Ben de se dénoncer, et que lui-même persuade M. Duchemin... non.

Mais que dire si tout va bien ? Au moins, je serais rassurée.

Allons, Nana, ne laisse pas galoper ton imagination ! Il ne s'est rien passé, mets-toi ça dans la caboche. Mais si je pouvais parler à quelqu'un ! Délie-moi vite de mon serment, Alex. Viens ici la semaine prochaine, aie confiance !

– **H**é ! Nan ! Je t'ai demandé de mettre la table... Natacha, ça ne va pas ?

La voix inquiète de maman me tire de mes réflexions.

– Il y a eu un autre gag au collège ? Encore un zéro ?

– Non, M'man, c'est...

Et je lui raconte tout. Ou presque. De ma peur pour Alexandre je ne dis rien. Je n'arrive pas à trahir son secret.

Papa qui vient de rentrer met son grain de sel :

– Quand je pense qu'à votre âge, moi, je ne pensais qu'au foot ! Vous êtes vraiment trop compliqués, vous les gosses, de nos jours. Si tu me servais un apéro, Nana pour me remettre de mes émotions ?

Le téléphone sonne juste comme j'allais prendre la bouteille de whisky. Comme je suis la plus près, je décroche.

– Nana, aide-moi, je t'en su...

J'ai eu à peine le temps de reconnaître la voix d'Alexandre et ça a raccroché. Je crois que j'ai dû rester quelques bonnes secondes raide comme un parapluie fermé, murée dans ma trouille, jusqu'à ce que les voix affolées de mes parents me parviennent.

– Natacha ! Qu'est-ce qu'il y a ? Natacha ?

Et j'ai le cœur qui explose. Alex est en danger, et il m'a appelée. Alors, très vite, je raconte tout à mes parents, sans même prendre le temps de pleurer.

– On doit y aller, Papa, il va... Si tu l'avais entendu ! Il a... J'arrive même pas à dire ce que je crois, ce dont j'ai peur. Je suis sûre qu'il lui a fait mal, mal, mal ! Et si on arrive trop tard...

Papa cherche fébrilement sur le Minitel.

– Lantier, tu dis ? Il y a un Lantier Michel, avenue des Lilas.

– C'est ça, c'est le prénom de son père, et l'adresse. On y va ?

Papa hésite :

– Eh bien... si tu te trompes, et c'est ce que je préférerais, on...

– On se rendra ridicule en famille, mon chéri, termine maman en finissant de s'habiller. Mais préviens quand même la police... qu'on ne soit pas seuls si...

– Mais puisque je vous dis que mon fils n'est pas là ! crie M. Lantier.

– C'est bizarre, il vient juste d'appeler ma fille, réplique posément papa.

Et ça dure déjà depuis plus de cinq minutes. Moi, je m'arracherais bien aux bras de maman pour courir dans tout le pavillon à la recherche d'Alexandre. Pour le voir, pour lui parler. Je sais qu'il est là. Brusquement, M. Lantier s'excite et repousse violemment papa.

– Tire-toi, connard ! Je ne veux pas que tu m'emmerdes encore ! Mon fils n'est pas là ! Barre-toi !

Juste au moment où il lève le poing sur papa, une voiture de police s'arrête devant le perron. Le père d'Alex retourne sa colère vers les policiers qui arrivent pour libérer le passage.

Je m'engouffre dans la maison, talonnée par mes parents. Je m'oriente très vite, et fonce vers une pièce, dans le fond. Alexandre m'avait expliqué où était sa chambre. La porte est entrouverte.

Sur le moment, je m'arrête sur le seuil. Alex est là, recroquevillé sur le lit, gémissant, tout ensanglanté. Je n'arrive presque plus à parler. Je ne peux que m'agenouiller auprès de lui.

– C'est moi, Nana, je suis venue... On est là... Je suis là...

Je n'ose même pas le toucher, tellement j'ai peur de lui faire encore plus mal. Maman a mordu son poing pour ne pas crier, puis elle s'est reprise :

– Je vais appeler une ambulance. N'aie pas peur, Nana, ça ira...

Elle n'a pas le temps de sortir de la chambre. Le père d'Alex est déjà là, suivis par les policiers. Papa l'empêche d'entrer.

– C'est fini, vous ne le toucherez plus, dit lentement papa.

M. Lantier tente d'écarter mon père.

– Mais foutez le camp ! C'est mon fils, j'ai le droit de le punir ! C'est un sale petit voleur, il mérite une raclée. Et faut pas me faire croire que c'est un de ses copains qui a volé, c'est pour lui sauver la mise, oui ! Mais je le connais, ce petit salaud ! C'est mon fils ! Laissez-le-moi ! Laissez-nous ! Foutez le camp !

Il essaie encore de frapper papa, mais un policier le retient fermement et l'entraîne loin de la chambre, loin d'Alexandre.

– Va téléphoner, chérie, vite, dit papa après avoir remercié l'agent.

Moi, je suis restée à côté d'Alexandre pendant que mon père et le sien se disputaient, je lui tenais la main. Je suis sûre que même s'il s'était évanoui,

il sentait que j'étais là. Il est si pâle, pourvu... Tout, mais pas ça. Il va s'en tirer. Il le faut !

J'entends la voix claire de maman qui appelle l'ambulance.

Papa s'approche de nous et effleure d'un geste tendre le visage tuméfié d'Alex, ses cheveux trempés de sueur.

– T'inquiète pas, bonhomme, on va t'aider, tu n'es plus tout seul à présent.

Il y a eu des jours terribles à la maison. Pour un peu, papa aurait atterri en prison. Parce qu'il est rentré chez M. Lantier sans sa permission.

En vérité, on a tous eu beaucoup de chance parce que le juge pour enfants qui s'est occupé d'Alexandre a été très gentil. C'est grâce à lui que papa n'est pas en prison. Il paraît que la plupart des juges sont comme lui, compréhensifs et intelligents, et qu'ils essaient vraiment d'agir au mieux.

C'est dans l'ambulance qu'Alex s'est un peu réveillé, juste le temps de serrer faiblement ma main, et de murmurer : « Merci, Nana. » Il est resté dix jours à l'hôpital, et toute la classe s'est cotisée pour lui offrir un beau livre. C'est Benjamin qui a voulu le lui apporter, pour lui demander pardon. Je crois que maintenant ils vont devenir amis.

M. Merrien, le juge, n'a pas voulu mettre le papa d'Alexandre en prison. Il a expliqué que cela ne servirait à rien, qu'il était malade et qu'il fallait qu'il comprenne pourquoi il se comportait comme ça avec son fils. On a appris qu'il avait été lui-même battu par ses parents. Il paraît que ça arrive très souvent. Mais je ne trouve pas que ce soit une raison suffisante. En tout cas, Alexandre avait dû le sentir, parce que même avant de savoir ça, ses grands-parents, il ne les aimait pas. Il ne pouvait de toute façon pas aller chez eux.

Il fallait bien qu'il aille quelque part en sortant de l'hôpital. M. Merrien a longuement discuté avec lui. Au début, Alex n'osait pas dire qu'il avait peur de retourner chez son père, mais le juge a su lui donner confiance, et enfin Alex a pu parler. Comme jamais il ne l'avait fait, même pas avec moi.

On a une chambre d'amis, et elle était vide.

Mes parents ont vraiment eu le coup de foudre, eux aussi, pour Alex. Ils lui ont parlé, et aussi au juge. M. Merrien a trouvé que c'était une bonne idée, si Alexandre était d'accord, bien sûr.

Et il l'était. Alors, légalement, le juge a pu confier Alex à mes parents. Il a expliqué à Alexandre qu'il

était encore trop tôt pour retourner vivre avec son père, qu'il devrait y réfléchir en se sentant en sécurité. Mais qu'il n'y serait pas du tout obligé s'il avait encore peur. Cela se déciderait peut-être un jour. Plus tard.

Pour l'instant, Alexandre est avec nous, et je crois qu'il est heureux. Et moi aussi.

Peut-être qu'il retournera un jour avec son père, il ne sait pas.

Mais moi, je n'aime pas trop quand il va lui rendre visite. J'ai un peu peur. J'essaie de comprendre ce qu'Alex ressent. Je ne sais pas, moi, si papa me battait, si je pourrais l'aimer encore.

Seulement, maintenant, même pendant les visites, il y a une grande différence. M. Lantier ne pourra plus toucher un seul cheveu de son fils, parce que maintenant, Alexandre n'est plus seul.

Il n'a plus à se taire. Jamais.

Achevé d'imprimer en avril 1997 par OBERTHUR Graphique
35000 Rennes - N° 810
Dépôt légal : mai 1997 - N° d'éditeur 2877
Imprimé en France